20 mars 1860

Exemplaire de Beurdeley père

CATALOGUE

DE LA BELLE ET RICHE

COLLECTION DE TABLEAUX

DES

ÉCOLES FLAMANDE, HOLLANDAISE & FRANÇAISE,

formant la Galerie de feu M. PIÉRARD, à Valenciennes.

2ᵉ Image avec le nᵒ 106

CONDITIONS DE LA VENTE.

— —

Elle sera faite au comptant.

Les acquéreurs payeront, en sus des adjudications, cinq pour cent applicables aux frais.

La hauteur (H.) et la largeur (L.) sont indiquées, à la suite de la description de chaque Tableau, en mètres et en centimètres.

— —

Bruxelles. — Imp. de E. GUYOT, rue de Pachéco, 12.

CATALOGUE

DE LA BELLE ET RICHE

COLLECTION DE TABLEAUX

ANCIENS,

DES ÉCOLES FLAMANDE, HOLLANDAISE ET FRANÇAISE

formant la Galerie de feu M. FIÉRARD, à Valenciennes,

dont la vente aux enchères publiques aura lieu

A PARIS,

HOTEL DES COMMISSAIRES-PRISEURS, RUE DROUOT, Nº 5,

SALLE Nº 7,

le Mardi 20 et le Mercredi 21 Mars 1860, à deux heures précises,

PAR LE MINISTÈRE DE Mᵉ EUGÈNE ESCRIBE, COMMISSAIRE-PRISEUR,

successeur de MM. RIDEL et POUCHET, rue St-Honoré, 247,

et sous la direction de M. Étienne LE ROY,

COMMISSAIRE-EXPERT DU MUSÉE ROYAL DE BRUXELLES, HÔTEL RASTADT,
RUE NEUVE St-AUGUSTIN, 45, A PARIS,

ET DE M. FERDINAND LANEUVILLE,

PEINTRE EXPERT, RUE NEUVE DES MATHURINS, 73,

chez lesquels se distribue le présent catalogue

EXPOSITION PARTICULIÈRE

le Dimanche 18 Mars 1860, de midi à cinq heures.

EXPOSITION PUBLIQUE

le Lundi 19 Mars 1860, de midi à cinq heures.

PARIS	BRUXELLES
RUE SAINT-HONORÉ, 217	PLACE DU GRAND SABLON, 12

1860

CE CATALOGUE SE DISTRIBUE :

A PARIS,   chez MM. **Eugène Escribe**, Commissaire-Priseur, rue St-Honoré, 217.
"   "   **Étienne Le Roy**, Hôtel Rustadt, rue Neuve St-Augustin, 44.
"   "   **Ferdinand Laneuville**, Peintre Expert, rue Neuve des Mathurins, 73.
"   "   **Tencé fils**, rue Thévenot, 24.
"   "   **Favart**, place de la Bourse, 6.
A LILLE,   "   **Tencé père**, Marchand de Tableaux.
A MONTPELLIER,   "   **Baron Ramadié Doubernard**, Commissionnaire en librairie.
A LYON,   "   **Hoëth**, Marchand d'Estampes, rue Romarin, 9.
A MARSEILLE,   "   **Priston**, Marchand d'Estampes, Place Nouvelle Bourse, 2.
A ROUEN,   "   **Billard**, Marchand de Curiosités.
A BRUXELLES,   "   **Étienne Le Roy**, place du Grand Sablon, 12.
A ANVERS,   "   **Tessaro**, Marchand d'Estampes.
A LIÉGE,   "   **Van Marcke**, Marchand d'Estampes, rue de l'Université.
A BRUGES,   "   **Bogaerts**, Imprimeur-Libraire, rue Philipstok.
A GAND,   "   **Duquesne**, Libraire, rue des Champs, 81.
A LONDRES,   "   **Farrer**, New-Bond Street, 106.
"   "   **Colnaghi**, Marchand d'Estampes, Pall Mall East, 14.
A AMSTERDAM,   "   **Roos**, *in het Huis der Hoofden*.
A LA HAYE,   "   **Enthoven**, Marchand d'Antiquités.
"   "   **Van Gogh**, Marchand d'Estampes.
A ROTTERDAM,   "   **A. Lamme**, Artiste Peintre, Hoogstraat.
A COLOGNE,   "   **Héberlé**, Marchand d'Antiquités.
A BONN,   "   **Van der Kolk** et **Weber**, Marchands d'Estampes.
A MUNICH,   "   **Brulliot**, Conservateur du Musée.
A VIENNE,   "   **Artaria et Compagnie**.
A DRESDE,   "   **Arnold**, Marchand d'Estampes.
A BERLIN,   "   **Reimer**, Libraire.
A LEIPZIG,   "   **Brockhaus et Compagnie**.
A FRANCFORT,   "   **Jugell**, Libraire.
A HAMBOURG,   "   **Commeter**, Marchand d'Estampes.
A MANNHEIM,   "   **Artaria et Fontaine**.
A St-PÉTERSBOURG,   "   **Von Regmorter**.
A ROME,   "   **Durantini**, Peintre.
A FLORENCE,   "   **Ricoieri**.
A GÊNES,   "   **Isola**, Peintre.
A MILAN,   "   **Vallardi**.
A TURIN,   "   **Bucheron**, Peintre.
A VENISE,   "   **Sanquirico**.
A GENÈVE,   "   **Managa frères**, Marchands d'Objets d'Art.
A BERNE,   "   **Burgdorfer**, Marchand d'Estampes.
A BALE,   "   **Schruber** et **Walz**, Marchands d'Objets d'Art.

INTRODUCTION.

Encore une remarquable et précieuse galerie de tableaux qui va se disperser; quelques séances de vente aux enchères publiques égrèneront les perles du riche écrin qu'un homme de goût et de savoir, un *amateur*, dans toute l'acception de ce titre, avait mis de longues années à former au prix de recherches éclairées, de nombreux voyages, d'une active correspondance et d'importants sacrifices.

Avant que le retentissement du marteau du commissaire-priseur ait marqué la dispersion des tableaux réunis avec tant de soins à Valenciennes, par M. Piérard, jetons un coup d'œil sur l'ensemble de sa galerie, sans oublier l'homme qui l'a formée.

Ces pages, que nous plaçons comme introduction en

tête du catalogue des tableaux de M. Piérard, ont d'autant plus leur raison d'être que ce catalogue, par la volonté spéciale des héritiers du fondateur de cette galerie, se borne à une rapide description de chaque toile, sans aucun éloge, sans nul commentaire.

Tout en nous conformant aux injonctions de personnes dont la confiance nous honore, tout en nous bornant à retracer en quelques phrases l'œuvre accomplie d'une manière si brillante par des peintres d'élite, nous savons d'avance qu'il est des noms qui suffisent à fixer l'opinion des connaisseurs.

Or, ces noms privilégiés des trois écoles, française, flamande, hollandaise, qui se partagent aujourd'hui les faveurs les plus éclatantes et les plus lucratives de la vogue, figurent à chaque page du catalogue de la galerie de M. Piérard. Qu'ajouter après ces noms? Que dire quand il s'agit d'œuvres dont l'authenticité incontestable se trouve manifestée par les étapes mêmes qu'elles ont parcourues, de galerie en galerie, avant d'arriver aux mains de leur dernier détenteur?

Cette généalogie, cette filiation des tableaux de maîtres célèbres est facile à suivre; et, pour notre compte, nous nous faisons un devoir de probité, une question d'honneur, de rejeter toute œuvre apocryphe ou douteuse, ne nous apportant pas les garanties d'authenticité sans lesquelles l'art serait ravalé au-dessous d'un métier.

D'ailleurs, notre mission se trouve largement facilitée lorsqu'il s'agit d'une collection de tableaux formée par un homme de mérite, initié aux secrets du dessin et de la peinture par les premières études de son adolescence et de sa jeunesse.

C'est ainsi que M. Piérard, élève distingué de l'Académie des beaux-arts de Valenciennes, acquérait à son entrée dans la vie cette sûreté de jugement, cette finesse d'appréciation, ces principes de goût pur et éclairé qu'il devait encore développer et mûrir dans ses longs voyages à travers l'Europe, comme employé supérieur de l'administration des armées françaises.

De retour à Valenciennes, rentré dans la vie privée et possesseur d'une belle fortune, il put alors suivre le penchant qui l'entraînait vers les arts, non comme peintre, mais comme connaisseur, heureux de recueillir autour de lui les œuvres de choix de ses maîtres de prédilection.

Ces maîtres, on les devine par le nom seul de la ville où résidait M. Piérard : VALENCIENNES.

A ce nom, comme au confluent des rivières qui unissent leurs eaux, viennent en effet s'associer les souvenirs et les titres des écoles française et flamande, et qui dit *flamande*, sous-entend *hollandaise :* car les Van Eyck et les Memling sont les ancêtres de Rubens et de Rembrandt, de Van Dyck et de Van der Helst, de Téniers et de Jean Steen. Des deux côtés du Moerdyck, les grands initiateurs de l'école de Bruges peuvent également reconnaître leur légitime et glorieuse postérité.

Nous avons déjà signalé la faveur toujours plus marquée avec laquelle les amateurs, dont le nombre s'accroît sans cesse, recherchent aujourd'hui les tableaux des peintres français (1), flamands, hollandais. Cette préférence a ses motifs d'abord dans les sujets traités par ces artistes, ensuite dans la manière même dont ces sujets sont interprétés, enfin dans la dimension des tableaux.

Loin de nous la pensée de vouloir ravir un seul fleuron à la splendide couronne des grands maîtres de l'Italie et de l'Espagne, dont les immortelles compositions, soit religieuses, soit historiques, représentent les plus beaux monuments de la peinture. Mais ce titre seul de *monuments* annonce que leur place est exclusivement réservée dans les églises et dans les musées publics ou les galeries des souverains.

Une collection particulière ne peut guère prétendre à posséder ces toiles immenses, dont une seule couvrirait tout un panneau des plus grands salons de nos habitations contemporaines.

Le goût est donc ici d'accord avec les dispositions intérieures de nos hôtels et de nos maisons, pour s'attacher aux productions des écoles qui répondent le mieux à la direction générale des idées de la société actuelle, ainsi qu'à sa manière de vivre.

Cette société, que les louangeurs du temps passé s'efforcent de représenter comme vouée au culte du veau d'or, a pourtant un goût inné et un sentiment exquis pour les jouissances délicates de l'art. Chaque exposition de tableaux

---

(1) On regrettera sans doute avec nous que le nombre des tableaux de l'école française soit assez restreint dans la galerie de M. Piérard; mais ce fait s'explique par l'espèce d'acharnement avec lequel sont disputés et enlevés les ouvrages des principaux maîtres de cette école, dont plusieurs, notamment du dernier siècle, sont devenus presque inabordables à cause de l'élévation du prix de leurs tableaux.

qui s'ouvre à Paris ou à Bruxelles , à Londres ou à la Haye, à Vienne ou à Dresde, à Anvers ou à Munich, montre, par l'empressement des habitants de ces grandes villes, par l'affluence d'étrangers qui s'y pressent de divers points de l'Europe, que l'art est une puissance universelle, cosmopolite, réunissant tous les membres de la grande famille humaine dans une commune admiration.

Mais cet empressement éclate et se manifeste d'une manière irrécusable dans les ventes publiques de tableaux. Ces ventes, nous pouvons le dire d'après nos souvenirs personnels, prennent le caractère d'un événement, surtout quand elles ont lieu à Paris, dans ce foyer de lumières, dans cette patrie d'adoption de toutes les intelligences supérieures.

Ce qui nous est arrivé dans des circonstances récentes, dont nous aimons à évoquer la mémoire, se reproduira, nous en avons mieux que l'espérance, lors de la prochaine vente des tableaux de M. Piérard.

Les amateurs français et étrangers qui se disputent avec une noble émulation, avec une sagace rivalité, les tableaux des maîtres célèbres, ne manqueront pas de répondre à l'appel que nous leur adressons.

Cet appel n'est-il pas commenté, appuyé par les noms les plus illustres et les œuvres les plus sympathiques des écoles flamande et hollandaise? Quel est l'homme de goût qui négligerait l'occasion de voir réunis plus de cent tableaux, ayant fait partie de galeries renommées, rassemblés par de longs et consciencieux efforts, et qui, dans quelques mois, seront à jamais dispersés dans dix États différents.

Remarquons d'ailleurs qu'un bon et beau tableau n'est plus aujourd'hui une valeur conventionnelle que déprécient les circonstances; il augmente, au contraire, de prix; et, après avoir procuré les jouissances les plus douces, les plus nobles à l'homme qui le possède, il constitue une ressource réelle si les jours de l'adversité viennent à surgir. On ne vend qu'à perte des diamants, des actions industrielles, des maisons, des terres, des forêts; nous l'avons vu en 1848; la propriété foncière elle-même subissait le terrible contre-coup des événements politiques, de la perturbation qui ébranlait l'Europe entière.

A la même époque de fièvres sociales et d'agitations révolutionnaires, les objets d'art et notamment les tableaux résistèrent à cette effrayante dépréciation de la fortune publique et privée.

Depuis lors, le prix des bons tableaux s'est non-seulement soutenu, mais encore il a toujours monté par une progression constante qui n'est pas sur le point de s'arrêter. Les pures émotions de l'art se concilient, par conséquent, avec les calculs les plus positifs; nous pourrions le démontrer par des chiffres, indiquant les résultats des principales ventes de tableaux qui ont eu lieu à Paris en un laps de quelques années.

C'est donc avec confiance que nous attendons l'issue de la vente d'une galerie qui se compose de pages authentiques, dont on peut suivre les destinées depuis le jour où elles sortirent de l'atelier de leurs auteurs jusqu'au moment où elles se trouvèrent réunies à Valenciennes par les soins de M. Piérard.

Précisément, le catalogue retrace les différentes haltes

de la plupart de ces tableaux, bien dignes des noms reten-
tissants qui les ont signés, et dont l'éclat grandit à mesure
que la mort et le temps leur impriment une double sanc-
tion.

ÉTIENNE LE ROY.

N.B. Aucun tableau étranger à cette galerie ne figurera dans la vente.

CATALOGUE.

1.   ASSELYN (Jean).

PAYSAGE. — SOLEIL COUCHANT.

1200

Au premier plan, près d'un bâtiment construit sur une voûte, *Lamme*
à droite, des paysans ramènent leurs troupeaux. A gauche, une *16 r. Chaptal*
rivière sur laquelle on aperçoit un pont, dans le lointain.

H. 57 cent. L. 73 cent. Toile.

Collection de M. Perrin (Paris, 1847).

---

2.   BEGA (Corneille).

LA BOHÉMIENNE.

12..

Elle est assise à terre et chante en s'accompagnant de la gui- *Bor..*
tare. Derrière elle, une table en partie couverte d'un tapis, des
instruments et des cahiers de musique. *84 a..*

A droite, un rideau relevé. *Champ..*

H. 37 cent. L. 31 cent. Bois.

Collection de M. le Comte Vilain XIIII (Paris, 1857).

530 3. **BEGA** (Corneille).

INTÉRIEUR.

De Montbrun
8 r. d'Isly

Un homme, debout, prend dans ses bras une jeune femme qui tient un flacon de la main droite. Deux buveurs, séparés par un tonneau, sont assis près d'eux, à droite : l'un tient à la main gauche une cruche en grès qu'il se dispose à porter à ses lèvres ; l'autre allume sa pipe à un pot à feu.

Au fond, à droite, un personnage regarde dans une armoire ouverte ; à gauche, un escalier en bois.

H. 31 cent. L. 24 cent. Bois.

1600 4. **BERCHEM** (Nicolas). *Say*
Horace Say

HALTE DE PAYSANS. — LE RETOUR A LA FERME.

Dans une cour de ferme dont l'entrée est couverte par une voûte en partie ruinée, un vieillard assis, la tête appuyée sur la main droite, tient de la main gauche un verre de vin qu'une servante vient de lui verser. Son chien est devant lui : un enfant se tient derrière la servante.

Un cheval gris attelé à une charrue porte un homme vu de dos, tenant un verre à la main, et tourné vers un autre personnage qui cause avec la maîtresse du logis arrêtée sur le seuil de sa porte.

Au-dessus de la voûte, une femme étend du linge. A l'extérieur, une charrette attelée d'un cheval est dirigée vers la cour par son conducteur.

H. 48 cent. L. 44. cent. Bois.

Collections Verhulst (Bruxelles, 1779); — De Solirène (Paris, 1812), et de M. Tardieu (Paris, 1851).

Catalogue raisonné de Smith, 5ᵉ volume, page 27, nᵒ 68.

5.   **BERCHEM** (Nicolas).   *1000*

Et. Leroy

DÉMOCRITE, HIPPOCRATE ET LES ABDÉRITAINS.

C'est une des fables de La Fontaine que Berchem, son contemporain, a mise en scène sur la toile.

Démocrite, assis dans une grotte, consigne sur un cahier ses recherches tendant à découvrir le *principe vital* dans des entrailles d'animaux, immolés à un point de vue scientifique. En ce moment arrive, guidé par un jeune homme, le célèbre médecin de Cos, Hippocrate, que les Abdéritains ont mandé pour guérir le philosophe qu'ils soupçonnent de folie. A l'arrière-plan à gauche, nombreux spectateurs groupés près d'un temple en ruine.

H. 66 cent. L. 80 cent. Toile.

Ce tableau est cité dans Descamps, tome II de la *Vie des peintres*, mais avec une erreur sur le sujet ; il a fait partie de la *Collection de* M. Van der Linden Van Slingelandt.

6.   **BOTH** (Jean). *Périere*   *2400*

en Anguiot

PAYSAGE.

A gauche, s'élève un monticule traversé par un chemin recouvert d'arbres et que suivent des voyageurs et des bestiaux.

Sur le premier plan, à droite, un gros arbre au pied duquel passe un muletier conduisant deux mules chargées.

Dans le lointain, une rivière traversée par un pont antique garni de tours.

H. 57 cent. L. 48 cent. Cuivre.

Collection Kalkbrenner (Paris, 1850).

1000

Isern

*68 rue de la
Chaussée d'Antin*

7.   BOTH (André).

LE REPOS.

Un voyageur s'est arrêté devant une auberge à la porte de laquelle on arrive par un escalier garni d'une treille : il est assis, à droite, sur son manteau et tire sa botte ; un chien est couché à ses pieds, et l'aubergiste, debout devant le voyageur, tient une cruche de la main gauche et un verre de la droite.

Un cheval blanc dessellé est attaché à un bac en bois dans lequel un garçon verse un seau d'eau. Deux chiens sont, l'un assis, l'autre couché contre les pieds du bac : un troisième est à gauche.

Au second plan, un cavalier s'avance escorté de son chien.

H. 41 cent. L. 50 cent. Bois.

800

Oulmann

8.   BRAKENBURG (Regnier).

INTÉRIEUR D'ESTAMINET.

Un homme, le bras gauche appuyé sur un tonneau, verse à boire à une femme assise, dont le pied gauche repose sur une chaufferette.

Au premier plan, deux enfants l'un debout, l'autre assis dans son berceau, ayant une poupée à la main, et en partie couvert par un coussin rouge : au fond, trois autres personnages.

Sur le tonneau, une écuelle en étain avec cuiller, une pipe, une image, etc. — Divers accessoires.

H. 25 cent. L. 20 cent. Bois.

9.   **BRAKENBURG** (Regnier).

INTÉRIEUR D'ESTAMINET.

Au premier plan, à droite trois buveurs causent, assis autour d'un tonneau contre lequel est un banc portant une bouteille et un plat : un des buveurs a posé son chapeau sur une cruche, derrière lui.

Près d'eux, une jeune femme assise sur un coussin placé sur le banc, tient de la main gauche un plat d'étain, et repousse, de l'autre main, les tentatives d'un individu assis en face d'elle.

Derrière et au fond, plusieurs personnages, parmi lesquels un jeune homme jouant du violon; en avant, une terrine remplie de coquilles de moules et une écuelle avec cuiller.

A gauche, contre un buffet placé sous une fenêtre ouverte, une jeune femme assise donne à manger à un enfant qu'elle tient sur ses genoux : un enfant plus âgé, les regarde en riant, appuyé sur son cerceau.

Nombreux accessoires.

H. 47 cent. L. 56 cent. Toile.

1125

Georges
17 r. Pigalle.

10.   **CAPELLA** (Jean Van De).

MARINE.

Plusieurs bateaux, barques et navires voguent sur une mer calme.

Au premier plan, sur la grève, un marin chargé d'une hotte se dirige vers une barque amarrée au rivage, dans laquelle sont deux hommes occupés à débarquer le produit de leur pêche.

3000
Paul Van Cuyck

Plus loin, des embarcations à voiles sont à l'ancre : on en décharge des marchandises.

A droite, dans le lointain, un navire s'éloigne à pleines voiles, en tirant un coup de canon.

H. 45 cent. L. 57 cent. Toile.

Collection de lord WELLESLEY, comte de MORNINGTON (Bruxelles, 1846).

1800

Et. Leroy

11. CRAESBEKE (JOSEPH VAN).

SCÈNE DE CABARET.

Deux individus en sont venus aux mains, à la suite d'une partie de cartes.

L'un d'eux, couvert d'un manteau, d'un riche pourpoint et d'un haut-de-chausse brodé, a saisi d'une main son adversaire par les cheveux, et lève, de l'autre, un cruchon de grès dont il le frapperait, si une vieille femme placée en arrière ne lui arrêtait le bras. Son adversaire est un paysan qui, d'une main, cherche à dégager sa chevelure, et de l'autre main tient un couteau dont il veut frapper son ennemi. Mais un des buveurs, armé d'un balai, lui retient le bras et se trouve, par ses efforts, rejeté à genoux sur les marches d'un escalier qui conduit à la porte d'entrée et au bas duquel se passe cette rixe.

Plusieurs autres figures, un banc renversé, des tables, des chaises, des tonneaux, et divers accessoires complètent ce tableau.

H. 54 cent. L. 75 cent. Bois.

Collection de M. VAN PARYS (Bruxelles, 1855).

12.   CUYP (Albert).

PAYSAGE.

Au premier plan, un groupe de sept figures, parmi lesquelles un cavalier monté sur un cheval blanc.

Au second plan, à droite, des ruines, près desquelles un troupeau de moutons est surveillé par des pâtres : trois vaches et leur gardien se dirigent vers un pont jeté sur une rivière à gauche.

Dans le lointain, au bord de l'eau, s'élève une tour.

H. 45 cent. L. 54 cent. Bois.

7000
Meffre pour le Duc de Morny

---

13.   DAEL (Jean-François Van).

Tapin
3 r. Castiglione
2180

FLEURS ET FRUITS.

Un ananas, des pêches, du raisin blanc et noir, une branche de jasmin blanc, sont déposés sur une table de marbre, au pied d'un vase en agate portant un bouquet de fleurs.

H. 85 cent. L. 67 cent. Toile.

---

14.   DE HEEM (Jean-David).

2200
Isern

NATURE MORTE.

Un jambon, du raisin, des cerises, des huîtres, un citron, etc., sont groupés, avec une coupe renversée, un pot en argent, un verre de cristal, sur une table couverte en partie d'un tapis de soie violette, bordé de franges en or et argent.

A droite, un coffret bleu avec trousseau de clefs, contre lequel est appuyé un flageolet, porte des papiers, une niguière et une branche d'oranger.

A gauche, un rideau en soie violette relevé, avec cordon et gland.

H. 59 cen . L. 65 cent. Toile.

Collection de M. Lefebvre, Tournai (n° 9 du catalogue imprimé en 1814).

---

15. **DIETRICY** (Christian-Wilhelm-Ernst).

INTÉRIEUR DE PARC.

Une jeune dame, assise sur un banc au pied d'une statue, tient un enfant sur ses genoux ; un autre enfant est debout à sa droite, et son mari, derrière elle avec une jeune fille dont on aperçoit la tête, s'appuie sur le piédestal de la statue. Un pierrot, assis près d'elle, montre aux enfants un portrait, qu'il tient de la main gauche.

Un peu en arrière et au fond, à droite, plusieurs personnages.

H. 71 cent. L. 61 cent. Toile.

Collection de M. Chaplin, à Londres.

---

16. **LE MÊME.**

ANIMAUX DANS UN PAYSAGE.

Au premier plan, au milieu du tableau, trois vaches sont couchées, et deux debout sur une pelouse : deux autres se trouvent sur un terrain plus bas, un peu en arrière. A gauche, une vache rousse et une grise et noire sont également debout sur une route qui contourne de grands rochers couronnés d'arbres.

Plus loin, un berger joue de la cornemuse près d'une femme assise à terre et tenant un enfant dans ses bras.

A un plan plus reculé, un homme s'avance conduisant un âne chargé que précèdent un enfant et un chien.

Dans le lointain, paysage très-accidenté avec ruines.

H. 56 cent. L. 72 cent. Toile.

---

17.   DOV (Gérard). *Say*   3,7000

Horace Say

PORTRAIT DE L'ARTISTE.

Dans ce beau portrait, signalé par Descamps, Gérard Dov s'est représenté dans la force de l'âge, à quarante ou quarante-cinq ans; il tient de la main gauche sa palette et ses pinceaux, tandis que, de la droite, il tourne avec distraction les feuillets d'un livre qui repose sur le mur d'appui d'une fenêtre.

Une toque bleue, un peu inclinée, lui couvre le sommet de la tête, et il a pour habillement une veste de soie couleur feuille-morte que recouvre un pardessus sans manches et à petits galons d'or.

Un rideau relevé cache en partie le vide de la fenêtre; et au-dessous du mur d'appui, on voit un bas-relief qui représente une bacchanale d'enfants.

A la base d'un des chambranles, se trouve un vase de terre contenant une plante d'œillets d'Inde en fleurs. Devant l'autre chambranle, auquel est attachée une cage, des pampres de vigne déploient leurs rameaux garnis de feuilles. Ce portrait, avec ses

2

riches et gracieux accessoires, ne reproduit pas seulement la physionomie de l'artiste, mais il nous révèle encore son âme, son caractère et la nature de son talent. Gérard Dov, on peut le dire, se reflète tout entier dans ce monument qu'il s'est élevé à lui-même, devinant d'avance le mot si profond de Gœthe : « *Le plus beau monument à ériger en l'honneur d'un homme d'élite, c'est son portrait.* »

H. 49 cent. L. 39 cent. Bois.

Ce tableau, gravé par Tardieu et cité dans l'ouvrage de Descamps (*la Vie des peintres*), a appartenu à Voyer d'Argenson; puis aux collections de MM. Erard (Paris, 1852) et Étienne Le Roy, qui l'a vendu à M. Kalkbrenner. Décrit au *Catalogue raisonné* de Smith, volume I, page 34, n° 101.

---

18. DU SART (CORNEILLE).

PAYSAGE.

Devant une maison rustique, dont une vigne décore la façade, s'est arrêté, pour causer avec des enfants assis auprès de la porte, un paysan qui conduit un âne chargé de légumes.

A côté de lui, se trouve un chien.

A droite, contre une clôture, trois porcs, dont deux couchés.

A gauche, s'étage un lointain d'arbres avec un clocher et quelques figures.

H. 27 cent. L. 34 cent. Bois.

Collection de M. Schamp (Gand, 1840).

---

19. **DU SART** (Corneille).

390

Foucart, à
Valenciennes

LE FUMEUR.

Dans la cour d'un cabaret, au premier plan, un homme, coiffé d'un chapeau gris, fume, assis de côté sur une chaise au dossier de laquelle il s'appuie.

A sa droite, un pot en bois repose à terre.

Sur le devant, une trappe ouverte donne accès dans une cave.

A sa gauche, une table portant une pipe, un pot à feu et un verre de bière.

Une porte de cave s'ouvre dans une muraille à laquelle est fixée la potence d'une enseigne brisée.

Au deuxième plan, à gauche, le cabaret, des buveurs, etc.

H. 47 cent. L. 40 cent. Toile.

---

20. **LE MÊME.**

§40

Warneck

COUR DE CABARET.

Au premier plan, sous un gros arbre, auprès d'une fenêtre, une femme debout, appuyée sur un balai, boit un verre de bière. Vis-à-vis, un vieux fumeur, assis sur un banc, son chapeau sur un genou, sa pipe dans la main droite et l'autre main derrière le dos, lance une spirale de fumée vers un buveur, qui lui fait face et qui verse dans un verre, qu'il tient de la main droite, le contenu d'une cruche dont sa main gauche est armée; sa pipe et sa boîte à tabac sont posées sur un trépied.

A droite, un chien debout près du banc.

Dans le fond, plusieurs personnages.

H. 34 cent. L. 29 cent. Bois.

1100 21.

EVERDINGEN (Albert van).

Meffre.

LES MOULINS A EAU.

Un cours d'eau qui fait tourner la roue d'un moulin, dans sa partie supérieure, à droite, se précipite en large cascade sur des rochers abrupts.

Au milieu du tableau, des troncs d'arbres, arrêtés par des rochers, forment une sorte de petit pont rustique naturel.

A gauche, un homme et deux femmes s'avancent, par un sentier qui longe les bords du torrent, vers une palissade attenante au moulin : beaucoup de beaux arbres se détachent sur la forêt qui forme le fond du tableau.

A droite, à l'arrière-plan, on entrevoit un second moulin au pied de grands sapins, sur la lisière de la forêt.

H. 82 cent. L. 72 cent. Toile.

Collection de M. le baron DE RÉSÉ.

3710 22.

LE MÊME.

Laneuville

MARINE.

Sur une mer agitée, une embarcation à voile, portant plusieurs personnes, se dirige, à droite, vers un vaisseau qu'on aperçoit dans le lointain.

A gauche, sur le rivage, des cabanes de pêcheurs : plus loin une barque et, au dernier plan, le clocher d'un village.

H. 55 cent. L. 64 cent. Toile.

23.   GRAAT (Bernard).

1700
Dr. Romeas

LA PARTIE DE CAMPAGNE.

Une jeune dame assise, vêtue de satin blanc, tient de la main gauche une assiette en métal portant une cuisse de volaille, et de la main droite un verre de vin : elle se détourne afin d'empêcher un cavalier assis près d'elle et ayant à la main un pot en métal, de remplir son verre.

A gauche, un joueur de violon, et derrière lui un joueur de vielle.

A droite, une table sur laquelle un jeune homme assis et une jeune femme debout jouent aux cartes : derrière eux, une autre jeune femme, debout, présente un verre de bière à un fumeur assis.

Un chien épagneul, sous la table, est en partie caché par un tapis rouge.

Au fond, une hôtellerie avec escalier extérieur conduisant à la porte d'entrée sur le seuil de laquelle sont deux personnages.

H. 80 cent. L. 67 cent. Toile.

Collection du cardinal Fesch (Rome, 1845).

---

24.   GRIFFIER (Jean).

800
Boutarel

CANAL PRIS PAR LA GLACE.

Un grand nombre de personnages patinent, ou poussent des traîneaux sur un canal pris par la glace, dont les bords présentent de belles habitations, quelques clochers, deux moulins à vent, et, dans le fond, une ville : plusieurs bateaux sont cernés par les glaces.

Au premier plan, à droite, au milieu d'un grand nombre de figures, quatre chevaux sont debout près d'un traîneau arrêté dans lequel on leur apporte à manger ; un autre traîneau, attelé d'un cheval bai, porte deux dames et un conducteur à l'arrière.

A gauche, sous une tente, une marchande de gaufres et plusieurs personnages, parmi lesquels des mendiants.

H. 50 cent. L. 58 cent. Cuivre.

---

25. **HEEMSKERK (Egbert van).**

PAYSANS MANGEANT DES MOULES.

Deux paysans sont assis sur un banc en face d'un tonneau, sur lequel sont des coquilles de moules, un flacon vide et une serviette.

H. 15 cent. L. 14 cent. Bois.

Collection de M. le baron de Varange (Paris, 1852).

---

26. **HEYDEN (Jean Van der)**

ENTRÉE D'UN CHATEAU-FORT.

Un pont de deux arches en briques, jeté sur un torrent, conduit, à gauche, à un château fort, avec lequel il communique par un pont-levis ; à droite, sont des terrains boisés.

Au deuxième plan, et dans le lointain, chutes d'eau, rochers et village.

Neuf personnages forment des groupes sur le pont : quatre,

dont un assis au bord du torrent, se trouvent sur les terrains de droite.

Les figures sont dues au pinceau d'Eglon Van der Neer.

H. 45 cent. L. 60 cent. Bois.

Ce tableau a fait partie de la collection de feu M. Delessert, à Paris.

---

27.   HOBBEMA (Meindert). *dessinh Gelson* 6400

VUE D'UNE MAISON DE CAMPAGNE DE LA HOLLANDE.

Une route, qui aboutit en ligne droite à quelques bouquets d'arbres, occupe les devants et une partie de la gauche du point de vue. Du côté opposé, un petit canal que longent une barrière à gauche et une haie à droite, sépare ce chemin d'un parterre bordé d'une double rangée d'ormes, à travers lesquels on aperçoit une maison de plaisance.

Un rayon de soleil tombe sur cette maison, ainsi que sur les arbres et le terrain au milieu desquels elle est placée : quelques figures, ouvriers et promeneurs, animent cette partie du tableau.

Sur la route, se voient des piétons, des cavaliers et un carrosse attelé de deux chevaux.

Les figures sont peintes par Hels Stockade.

H. 92 cent. L. 1m,16 cent. Toile.

Collections de MM. Lanjac (Paris, 1808); Erard (Paris, 1832); Tardieu (Paris, 1841), et du comte DE Morny.

Catalogue raisonné DE Smith, volume VI, page 123, n° 50.

3000
Blanc
18 r. Taitbout

28.   HOOGE (Pieter de).

LA LETTRE, SCÈNE D'INTÉRIEUR.

Rien de plus simple que le sujet de ce tableaux représentant l'intérieur d'un appartement hollandais. Par deux hautes croisées, le soleil pénètre et éclaire vivement la première pièce, dans laquelle se trouve assise, auprès d'une table appuyée contre le mur de fond, une femme lisant une lettre. A travers une porte ouverte, on aperçoit une autre chambre, dans laquelle le peintre a représenté un homme debout.

Les rayons du soleil se brisant sur les dalles du pavé, et éclairant de leurs reflets les murs de ces deux pièces, voilà ce qu'a recherché l'artiste, tout en donnant aux personnages et aux moindres accessoires ce cachet de vérité qui distingue ses compositions.

H. 84 cent. L. 1m,1 cent. Toile.

Collection de M. Meffre aîné (Paris, 1845).

2900
Nieuwenhuys

29.   LE MÊME.

L'ENFANT A LA CROSSE.

Dans un vestibule, dallé de carreaux rouges, une petite fille, tenant une crosse à la main, tourne le loquet d'une porte qu'elle ouvre. Elle détourne la tête pour regarder un jeune garçon qui joue à la crosse devant l'entrée du vestibule, à travers lequel on voit un village.

H. 65 cent. L. 46 cent. Bois.

Collections de M. le comte de Frise, à Vienne, et de M. Héris (Bruxelles, 1846).

30. **HUGTENBURG** (Jean Van).

800
Warneck

ATTAQUE D'UN CONVOI.

Dans le groupe principal, au milieu du tableau, un combattant, monté sur un cheval noir vu de face, renverse d'un coup de pistolet son adversaire monté sur un cheval blanc : autour d'eux, des chevaux et des cavaliers gisent pêle-mêle.

A gauche, un cheval alezan est abattu sur les genoux auprès de son maître étendu sur le dos. Une femme, en tombant, laisse échapper des poulets d'un panier qu'elle tient de la main droite ; derrière elle, un cavalier poursuit un fuyard qui emporte divers objets ; plus loin, des soldats s'emparent d'un chariot.

A droite, et dans le lointain, un grand nombre de combattants.

H. 52 cent. L. 66 cent Toile.

Collection de M. Lefebvre, Tournai (n° 7 du catalogue).

---

31. **HUYSMANS** (Jean, dit de Malines).

1400
de Perez
10 r. Lepeletier

LE GUÉ.

Une large rivière traverse le paysage et présente, au premier plan à droite, un gué auquel aboutit une route : deux vaches sont dans l'eau ; et, en arrière, deux hommes tirent un bateau vers le bord. Une voiture suit la route, sur laquelle on aperçoit une maison, et qui s'élève sur des collines derrière un bouquet de grands arbres.

Une chèvre blanche est debout sur une pierre au milieu de

l'eau. A gauche, trois femmes sont groupées au bord de la rivière ; non loin d'elles, un berger, couché, a près de lui son chien et une chèvre.

Dans le lointain, un bateau traverse la rivière.

H. 71 cent. L. 76 cent. Toile.

Collection de M. Lefebvre, Tournai (n° 5 du catalogue).

---

32.   HUYSMANS (Jean, dit de Malines).

LE COUP DE VENT.

Une vallée bordée de rochers est longée par un cours d'eau sur lequel un pont est jeté. Au premier plan, des femmes cueillent des fleurs ; et des bergers gardent un troupeau de moutons et de chèvres. Plus loin, sont d'autres personnages, entre autres deux femmes assises près du pont, à gauche. Dans le lointain, on aperçoit des habitations entourées d'arbres.

Les arbres et les herbes sont inclinés par un coup de vent.

H. 71 cent. L. 76 cent. Toile.

Collection de M. Lefebvre, Tournai (n° 6 du catalogue).

---

33.   LE MÊME.

PAYSAGE BOISÉ.

Deux personnages, au premier plan, s'avancent sur une route par laquelle un autre personnage, au deuxième plan, s'éloigne.

A droite, terrains accidentés avec pierres et arbustes.

Plus loin, à gauche, groupe d'arbres : à droite, pâturage bordant une forêt, dans lequel une femme assise trait une vache, pendant qu'une autre femme amène deux vaches.

Paysage dans le lointain.

H. 53 cent. L. 40 cent. Toile.

54.   HUYSUM (Jean Van).

FLEURS ET FRUITS.

Dans un vase rustique en terre jaune, placé sur une pierre au bord d'un ruisseau où croît une touffe de plantes aquatiques, le peintre a gracieusement groupé des roses, des œillets, des tulipes, des jacinthes, des sauges et d'autres fleurs s'harmonisant d'une manière ravissante ; on remarque surtout au pied du vase un nid d'oiseau avec ses œufs, charmant accessoire dont Van Huysum a tiré souvent les plus heureux effets. Décrivons encore ce melon vert, ces grappes de raisin blanc, ces trois pêches au duvet velouté sur lesquelles est tombée une oreille d'ours. Cet ensemble de fleurs et de fruits, si harmonieusement disposé, est complété par un magnifique œillet panaché, s'échappant du vase comme pour se mirer coquettement dans l'eau qui en reflète les éclatantes couleurs.

H. 90 cent. L. 69 cent. Bois.

Collections du cardinal FESCH (Rome, 1845) *et de M.* MORET (Paris, 1857).

17000 35.

Cᵗᵉ Robiano
pour le Musée
de Bruxelle

JARDIN (Karel Du).

LE CUIRASSIER DÉMONTÉ.

Sur un chemin sinueux aboutissant, au premier plan, à un monticule qu'il traverse, un cavalier, portant une cuirasse et un casque, conduit en main un cheval gris que précèdent deux chiens. Derrière ce groupe, un deuxième cavalier, monté sur un cheval noir, suit la même route et jette, en passant, les yeux sur des ruines que couronnent des rochers s'élevant à pic sur la gauche du paysage : auprès de lui se trouvent un âne, et, plus à gauche, un bœuf, une chèvre et un mouton.

Au deuxième plan, derrière le monticule, s'avance un fourgon pesamment chargé suivi de deux arquebusiers à pied, du chef à cheval, de quelques fantassins et d'un autre cavalier.

Des collines sablonneuses se perdent au loin dans un horizon montagneux.

H. 48 cent. L. 62 cent. Toile.

Collections de Madame la baronne Thoms (Leyde 1816); MM. Lerouge (Paris, 1818); Pennell (Londres 1830); Étienne Leroy (Paris, 1842); Tardieu (Paris, 1843) et Patureau (Paris, 1857).

Décrit au *Catalogue raisonné* de Smith, volume V, page 253, n° 64.

———

400 36.

Borel

LE DUC (Jean).

INTÉRIEUR.

Un seigneur, suivi de son domestique et de son chien, entre dans une cuisine d'auberge.

Il est coiffé d'un feutre noir orné d'une plume, et porte un
hausse-col sur lequel s'étend une collerette brodée nouée par un
ruban rose. Sa main droite, nue, s'appuie sur une canne; sa
main gauche, gantée, est posée sur la hanche. Une longue épée
pend derrière lui, attachée à un baudrier.

H. 64 cent. L. 44 cent. Toile.

---

37.   LINGELBACH (Jean).

LES MENDIANTS.

Deux hommes et une femme placée entre eux sont assis sur
des fragments de colonnes, auprès de l'entrée d'un monument
indiqué par des pilastres supportant des sphinx. L'homme de
droite vient de couper une tranche de pain qu'il offre à celui
de gauche, lequel lui présente en échange un verre de vin.

Une gourde en bois est à leurs pieds; une outre vide, en cuir,
est jetée à terre devant eux.

H. 45 cent. L. 37 cent. Toile.

---

38.   LE MÊME.

SCÈNE DE CABARET.

Un homme, portant une peau de mouton, danse en tenant son
chapeau à la main; trois enfants le regardent, l'un en battant
du tambour; l'autre (une petite fille) assise et faisant tenir son
chien sur ses pattes de derrière; le troisième, couché sur le
ventre et s'appuyant sur ses coudes.

Au second plan, beaucoup d'individus sont groupés autour

d'une table, buvant, criant, s'embrassant ; l'un d'eux, monté sur les épaules d'un autre, tient dans ses mains une bouteille et un verre plein.

H. 45 cent. L. 34 cent. Toile.

---

39. MAAS (Nicolas).

INTÉRIEUR.

Une jeune mère allaite son enfant qu'elle tient sur ses genoux ; elle est assise près du berceau et tourne le dos à la cheminée dans laquelle du feu est allumé.

Divers accessoires, entre autres un buffet, à droite, portant une potiche en faïence bleue et blanche ; à gauche, une chaise devant le foyer.

H. 62 cent. L. 56 cent. Bois.

---

40. MEULEN (Antoine Van der).

CHOC DE CAVALERIE.

La rencontre a lieu sur la gauche du tableau, à l'entrée d'une forêt : la droite est occupée par une vallée, dans laquelle on aperçoit, au loin, des cavaliers et des fuyards.

Au premier plan, à gauche, dans le groupe des combattants, on remarque un homme monté sur un cheval bai, levant la crosse de son pistolet sur un autre cavalier, dont le cheval s'est abattu ; au milieu, un cheval blanc, dont le maître vient d'être désarçonné, s'échappe au galop.

H. 35 cent. L. 56 cent. Toile.

41. **MIEL** (Jean).

Roeton
17 r. Guenegaud

SCÈNE DE CABARET.

Un homme et une femme dansent devant la porte d'un cabaret, dans un paysage italien; des buveurs groupés autour d'une table, sous une treille, les regardent. Un musicien joue de la guitare; un autre, tenant une cornemuse, s'interrompt pour prendre un verre de vin.

Au premier plan, un enfant couché dort près d'un chien et d'un personnage debout, les mains croisées derrière le dos.

Au second plan, des ruines.

H. 55 cent. L. 48 cent. Bois.

———————

42. **MIERIS** (Willem Van) *dûe de Galiéra* *6800*

INTÉRIEUR D'APPARTEMENT.

Une jeune femme, assise dans un salon, les vêtements en désordre, le sein à demi découvert, écoute, une main posée sur son cœur, une dame qui paraît lui prodiguer des consolations.

Sur un plan plus reculé, trois femmes, dont une diseuse de bonne aventure, semblent se concerter sur cet incident.

Un jeune cavalier se présente, au fond, sous une arcade ouverte donnant sur un vestibule.

Des colliers, des pendants d'oreilles en perles, etc., sont épars sur le plancher, près d'un épagneul qui jappe.

Du côté opposé, un tapis de Turquie est jeté sur un fauteuil.

H. 32 cent. 1/2. L. 44 cent. Bois.

Galerie de l'Élysée (Paris 1837). Vente Etienne Le Roy
(Paris, 1843).

43. **MIERIS** (Willem Van).

JUPITER ET CALISTO.

Jupiter, sous les traits de Diane, est assis près de Calisto. A gauche, un peu en arrière, un amour tient un chien lévrier noir et blanc. A droite, deux amours, dont l'un porte un arc et l'autre une guirlande de roses, descendent en volant vers Calisto.

H. 40 cent. L. 55 cent. Bois.

3600

H. Suy

---

44. **MIGNON** (Abraham).

FRUITS.

Des coings, des prunes blanches et noires, des nêfles, des mûres, des pêches, des abricots, des melons, une grenade, des épis de maïs et de blé sont groupés sur des pierres, au bord de l'eau, contre une branche de chêne.

Plusieurs insectes se voient à terre, sur la branche de chêne et sur les fruits.

H. 84 cent. L. 69 cent. Toile.

1000

Bontarel

---

45. **MOLENAER** (Klaas).

INTÉRIEUR DE CABARET.

Une femme assise, à droite, sur un banc, une chaufferette sous les pieds, et la main gauche sur la hanche, tient un verre de la main droite; près d'elle se trouve un broc garni en cuivre.

4430

Dr. Romeo

En face, séparé d'elle par un tonneau, un fumeur allume sa pipe à un pot à feu, et regarde, à sa droite, une femme assise à qui un homme prend le menton et qu'elle menace d'un soufflet.

Près de ceux-ci, une autre femme s'appuie sur un homme assis dans un tonneau entaillé.

Au fond, un homme et une femme; à gauche un enfant et un vieillard; au premier plan, un chien endormi.

H. 64 cent. L. 53 cent. Toile.

---

46.   MOOR (KAREL DE).

PORTRAIT DE L'AMIRAL TROMP.

Cet illustre marin est assis contre un parapet, sur lequel il s'appuie. Son bras droit est en partie couvert par un manteau, et sa main joue avec un bouton de son riche pourpoint; la main gauche, renversée, repose sur son genou.

H. 52 cent. L. 44 cent. Toile.

---

47.   MOUCHERON (FRÉDÉRIC).

PAYSAGE.

Au premier plan, au milieu et à droite du paysage, sont des rochers avec bouquets d'arbres, au pied desquels tourne une route sur laquelle se trouvent un voyageur et son chien.

Au second plan, un chemin éclairé par le soleil traverse le paysage en longeant un cours d'eau, et remonte, à gauche, au flanc d'une colline; des personnages et des bestiaux suivent cette

5

route. De l'autre côté de l'eau, on aperçoit un paysage boisé, terminé par des collines.

Les figures sont dues au pinceau d'Adrien Van de Velde.

H. 64 cent. L. 82 cent. Toile.

---

48.   NEEFS (Peeter).

INTÉRIEUR D'ÉGLISE.

La nef et les bas-côtés sont éclairés partiellement par des cierges et des lampes.

Au milieu, un cavalier suivi d'un page s'arrête près d'une dalle tumulaire, en face d'une dame accompagnée d'une jeune fille qui fait l'aumône à une pauvre femme.

A droite, un moine s'avance, précédé de deux enfants portant des torches; un petit chien court près d'eux.

Des personnages sont répartis sur divers points.

Les figures sont l'œuvre de Van Thulden.

H. 62 cent. L. 85 cent. Bois.

---

49.   NEER (Aart Van Der).

VILLAGE HOLLANDAIS.

Le canal qui occupe une partie du tableau indique assez un village de la Hollande, dont la couleur locale se manifeste aussi dans la forme des habitations, au-dessus desquelles s'élève le clocher d'une église.

A gauche, des arbres, des chaumières, des ruines; et, sur le premier plan, quelques pêcheurs occupés à retirer leurs filets.

Le ciel est voilé par des nuages; et la clarté de la lune, per-

çant à travers le feuillage d'une groupe d'arbres, produit un de
ces effets de lumière dans lesquels excellait Aart Van der Neer.
Ce tableau est reconnu comme une des meilleures compositions
de ce maître.

H. 56 cent. L. 72 cent. Bois.

Collection de M. Farrer, de Londres (Paris, 1853).

---

50.   NEER (Aart Van Der).   *6000*

Bischoffsheim

CANAL PRIS PAR LA GLACE (L'AMSTEL).

Aux environs d'Amsterdam, au point où l'Amstel prend le
nom de canal d'Utrecht, de nombreux patineurs, des traineaux
attelés de chevaux ou poussés par des bras robustes, glissent,
par une belle journée d'hiver, sur un miroir de glace. A droite
et à gauche, les rives du canal présentent divers bâtiments, une
forteresse, des habitations entourées d'arbres, et dans le lointain on aperçoit des maisons, un moulin, une ville, etc.

Au premier plan, à droite, deux personnages, ayant près
d'eux un enfant qui pousse un petit traineau, regardent une
dame qui vient d'être renversée du sien, et vers laquelle accou-
rent des patineurs. A gauche, deux individus en emmènent un
troisième qui paraît s'être blessé, sans doute en tombant.

Un peu plus loin, on remarque, à droite, deux traineaux attelés, l'un d'un cheval blanc, l'autre d'un cheval bai; à gauche,
un chien et des joueurs de crosse, etc.

H. 75 cent. L. 1 mètre, 10 cent. Toile.

Collections de MM. le colonel Biré (Paris, 1841); Étienne Leroy
(Paris, 1842), et Tardieu (Paris, 1851).

1500

de Montbrun

51.   NEER (Aart Van Der).

PAYSAGE VU AU CLAIR DE LUNE.

Le peintre a représenté un de ces canaux qui forment, pour ainsi dire, les principales artères de la Hollande. Sur les deux rives s'élèvent des arbres et des maisons, éclairés, ainsi que les eaux du canal, par la douce lueur de la lune.

Au premier plan, un terrain marécageux au-dessus duquel s'élève, vers la droite, un bouquet de beaux arbres.

Ce paysage est animé par quelques figures, tandis que sur les eaux on voit des barques, des canards, et que tout correspond à l'effet général de la composition, respirant le calme et la suavité.

H. 47 cent. 1/2. L. 61 cent. 1/2. Bois.

Collection de M. Meffre *aîné (Paris, 1845).*

3750

Duc de Galliera

52.   NEER (Eglon Van der).

LA GRANDE DAME.

Ce titre de grande dame convient parfaitement à la personne que le pinceau d'Eglon Van der Neer nous montre descendant un escalier de deux marches, ayant à droite son chien, et regardant à sa gauche un singe enchaîné sur un pilastre où se trouve jeté un tapis.

Elle est vêtue d'une jupe en satin cerise brodée d'or, et d'un corsage avec seconde jupe en satin blanc et crevés en satin cerise. Un collier, des bracelets, des boucles d'oreilles et une double chaîne de corsage avec agrafe en perles complètent sa parure.

Au fond, divers personnages et accessoires.

H. 64 cent. L. 53 cent. Toile.

Collections de MM. Etienne Le Roy *et* Rhoné *(Paris).*

53. OCHTERVELT (Jean Van). *900*

de Perez

L'AUMONE.

Au premier plan, une toute jeune fille qu'une servante tient par la main, dans un vestibule dallé en marbre noir et blanc, fait l'aumône à des mendiants qui se trouvent sur le seuil de la porte d'entrée; un chien épagneul est près de la petite fille.

Au fond, par une porte ouverte, on voit, dans une seconde pièce ornée d'une belle cheminée en marbre, les parents de l'enfant; la mère est debout près du père, lequel est assis.

H. 79 cent. L. 64 cent. Toile.

---

54. OMMEGANCK (Balthazar-Paul). *8200*

Horace Say

ANIMAUX DANS UN PAYSAGE.

Au milieu du premier plan sont couchés un bouc brun, deux brebis, un agneau et un chevreau blanc; à droite, au bord d'une mare, un bouc blanc, un bélier; trois brebis mangent les feuilles d'un arbrisseau; auprès d'eux sont deux agneaux et une chèvre grise.

Au second plan, à gauche, le berger, debout, a près de lui quatre brebis et un chien noir; à droite, six brebis paissent près d'une maison en ruine adossée à des rochers.

Dans le lointain, à gauche, un bouquet de peupliers; une femme, conduisant deux ânes chargés, s'avance sur la route qui traverse le paysage dans sa longueur.

H. 87 cent. L. 1 mètre, 20 cent. Bois.

Collections de M. Gheldolf, à Gand, et de M. Tardieu (Paris).

2250
Borel

55.   ## OMMEGANCK (Balthazar-Paul).

ANIMAUX DANS UN PAYSAGE.

Le paysage est traversé par une large rivière.

Au premier plan, un bélier, une brebis et une chèvre noire couchée sont au bord de l'eau.

Plus loin, à gauche, un berger avec son chien, trois vaches et deux brebis; à droite, un paysan monté sur un âne traverse un gué avec quatre vaches.

Dans le lointain, à gauche, un château sur le haut d'une colline; à droite, paysage boisé.

H. 43 cent. L. 53 cent. Bois.

900
Et. Leroy

56.   ## OS (Jean Van).

FLEURS ET FRUITS.

Des fruits variés, raisins blancs et noirs, melons, grenade, noix, prunes, pêches, sont groupés sur une table en marbre jaune, au pied d'une vase décoré de bas-reliefs et contenant des fleurs : à droite, un nid garni de ses œufs, auquel une plume blanche est restée attachée. On voit une mouche bleue contre le bord de la table, près d'une noix et d'une grenade ouverte. Une grosse demoiselle voltige près d'un melon; un papillon est posé sur une branche de groseillier chargée de grappes blanches.

H. 77 cent. L. 57 cent. Bois.

37.   OSTADE (Adrien Van) *tou de galière* 2.000

LE JOUEUR DE VIELLE.

Un aveugle jouant de la vielle est arrêté devant la porte d'une auberge.

L'aubergiste, coiffé d'un bonnet de coton, se tient dans son logis, appuyé sur sa porte ; au-dessus de sa tête, apparaît celle de sa femme.

Au dehors, à droite de la porte, un buveur assis tient à la main un verre de bière ; derrière lui, une petite fille et un gamin contemplent le musicien.

Sur le côté gauche de la porte, une autre petite fille est accrochée au bras d'un jeune garçon tenant les mains dans ses poches : auprès d'une futaille placée sous un appentis, une troisième petite fille paraît fort occupée ; et au premier plan, un chien cherche à terre quelque os égaré.

Une échelle en planches, à l'usage de la volaille, est appuyée au mur, à droite ; au-dessus de l'auvent de la porte, on voit une cage grossière servant de pigeonnier.

Au pignon de l'auberge, un arbre touffu s'élève auprès d'un saule.

H. 25 cent. 1/2. L. 21 cent. Bois.

Collections de M. le marquis de CALVIÈRE, de M. DUBOIS (Paris, 1840) et de M. PATUREAU (Paris, 1857).

Décrit au *Supplément du Catalogue raisonné* de Smith, page 87, nº 25.

6890
Van Loo

58.　　　　OSTADE (Adrien Van).

LE TRIO FLAMAND.

Devant la porte d'une habitation champêtre, sous une treille aux pampres luxuriants, trois musiciens, un chanteur, un violoniste, un joueur de flûte, improvisent un concert rustique.

Sur une table à leur portée, on voit une cruche, une pipe et une boîte à tabac en fer-blanc. Le nom d'Adrien Van Ostade dispense de plus longs détails.

H. 28 cent. L. 22 cent. Bois.

Collections de MM. Kalkbrenner, Étienne Leroy et Tardieu, (Paris, 1842).

Ce tableau a été gravé sous le titre de *Trio Flamand*.

1960
Borel

59.　　　　LE MÊME.

L'ALCHIMISTE.

C'est bien ainsi que l'on se figure un alchimiste poursuivant la transmutation des métaux, le grand arcane. Celui-ci est assis, les yeux fixés sur un livre que soutient le bord d'un fourneau.

Devant l'alchimiste sont groupés, sur une table et à terre, de nombreux accessoires. Une lanterne est suspendue à une poutre surmontée de divers objets, entre autres d'un crâne de cheval; au fond, un enfant fait mouvoir le soufflet du fourneau.

En arrière, au premier plan, deux enfants se disputent le contenu d'une marmite; des livres, des pincettes, un étouffoir en tôle, sont près d'eux. Au fond, au milieu de nombreux accessoires, un enfant fouille dans un buffet.

H. 56 cent. L. 61 cent. Bois.

60. OSTADE (Adrien Van)

LA DISPUTE.

Trois individus jouant aux cartes dans l'intérieur d'un cabaret se prennent de querelle et en viennent aux mains ; le tonneau sur lequel ils jouaient est renversé ; un chien blanc, à gauche, les regarde en aboyant.

A droite, au second plan, une femme retient un homme pour l'empêcher de prendre part à la bataille.

Au fond, les propriétaires du cabaret descendent l'escalier de la porte d'entrée pour venir mettre le holà.

Nombreux accessoires.

H. 27 cent. L. 35 cent. Bois.

---

61. OSTADE (Isack van).

PAYSAGE.

La terre est couverte de neige, et les eaux d'un canal intérieur de la Hollande sont prises par la glace.

Au premier plan, à droite, une masure s'élève près d'un groupe d'arbres au pied desquels sont deux enfants, l'un debout, l'autre assis, et deux chiens ; à gauche, un cheval bai s'avance, attelé à un traineau et conduit par un paysan. Un peu en arrière, se trouve un groupe de trois personnes, un homme, une femme et un enfant.

Plus loin, divers personnages, des chaumières, un moulin, etc., enfin des patineurs sur la glace.

H. 50 cent. L. 40 cent. 1/2. Bois.

Collection de M. van Parys (Bruxelles, 1855).

62.   OSTADE (Isack Van).

Borel

LA MASURE.

Une femme balaye l'intérieur d'une masure qui n'est éclairée que par l'ouverture d'une demi-porte et par un vitrage placé au-dessus.

A sa droite, deux hommes, un enfant et une femme portant un nourrisson, sont groupés devant la cheminée ; près de la porte sont divers accessoires, entre autres un banc sur lequel se trouvent un pot et un plat en terre.

Au premier plan, à droite, des instruments aratoires, un crâne de cheval, etc. ; à gauche, des paniers, des fagots, etc.

H. 34 cent. L. 42 cent. Bois.

---

63.   LE MÊME.

Cottreau

LA VICTIME DE NOEL.

23 r. Hauteville Un homme saigne un porc devant la porte d'une maison rustique à escalier extérieur ; une femme recueille le sang qui s'échappe de la gorge ouverte de l'animal. Neuf autres personnages, hommes et enfants, sont groupés autour d'eux.

Grand diamètre 20 cent. Petit diamètre 15 cent. Bois. (Forme ovale).

Tableau gravé.

Collection de M. Lefebvre, Tournai (n° 31 du *Catalogue*).

64.   POELENBURG (Corneille).

handwritten: 480

SAINTE MADELEINE EN EXTASE.

handwritten: Boutron
handwritten: 2/ r. d'Aumale

Elle est agenouillée, dans une grotte, contre un rocher sur lequel sont placés une tête de mort, des ossements et un livre. Des anges, apparaissant dans les nuages, lui apportent des instruments de pénitence.

H. 33 cent. L. 25 cent. Bois.

Collection de M. Perrin (Paris, 1847).

---

65.   POEL (Egbert Van der).

handwritten: 400
handwritten: Roqueton

INTÉRIEUR DE BASSE-COUR.

Un paysan arrange le couvercle d'un puits attenant à une habitation : il est entouré d'accessoires de toute nature, brouette, chaudron, cuve en bois, pots et plat en terre, balai, cuiller en bois, etc. Près de ces objets, sont un chien couché et trois poules.

Une femme est sur le seuil de la porte; dans le fond de la cour, close par une haie, on aperçoit un tombereau.

H. 59 cent. L. 63 cent. Bois.

---

66.   REMBRANDT *handwritten signature*

PORTRAIT EN PIED.

Ce portrait, connu sous le nom de « *l'homme à la canne,* » passe pour être celui de l'auteur à l'âge de trente-cinq ans.

Il est représenté debout, en costume arménien, coiffé d'un turban surmonté d'une aigrette. Sa figure, vue de face, est encadrée dans une chevelure brune, qui lui tombe sur les épaules; le bras droit, dont le poignet est appuyé sur la hanche, sort de dessous un manteau de velours attaché sur l'épaule par trois agrafes en perles, et qui recouvre le bras gauche. La main gauche est appuyée sur une canne; une ceinture de soie et or enveloppe le corps et retombe en écharpe sur une tunique brodée et frangée; à gauche, un casque est posé sur une table.

H. 70 cent. L. 50 cent. Bois.

Collection de M. NIEUWENHUYS père.

Ventes de MM. LE ROUGE (Paris, 1818), G. COUTEAUX, VAN DEUREN DE BEAUPRÉ (Paris, 1844), TARDIEU (Paris, 1851).

Cité au *Catalogue raisonné* de Smith, volume 7, p. 109, n° 299.

---

67. RUBENS (PIERRE-PAUL).

PORTRAIT.

Ce portrait, connu sous la désignation de « *la dame à l'éventail*, » est celui d'Élisabeth Brant, première femme de Rubens.

Elle est vêtue d'une robe de satin noir avec crevés en satin blanc, et tient de la main droite un éventail fermé, sur l'extrémité supérieure duquel elle appuie la main gauche. Un manteau garni de fourrures est porté sur le bras gauche; un double rang de perles entoure le cou, et une broche en rubis avec une perle en pendentif est fixée sur le devant du corsage.

H. 97 cent. L. 70 cent. Bois.

Collections de MM. JOHN NIEUWENHUYS, HENRY FARRER, Londres, et de M. COUSIN, Paris.

68.   RUBENS (Pierre-Paul).   *1030*

                                        Cottreau

GRISAILLE.

Portrait du chevalier Rokoex, bourgmestre d'Anvers, vu à mi-corps. Il est vêtu de velours noir, et porte autour du cou une large collerette empesée.

Forme ronde. Diamètre : 16 cent. Bois.

Collection de M. Schamp (Gand, 1840).

———

69.   RUISDAEL (Jacques).   *12600*

                                        Boutron

VUE PRISE EN NORWÈGE.

À droite s'élèvent des rochers surmontés d'habitations rustiques, et dominés par une construction qui couronne un rocher à pic.

Entre cette masse et les collines qui s'élèvent à gauche, une rivière coule paisiblement jusqu'au second plan ; arrivée là, elle rencontre un premier obstacle dans deux troncs d'arbres tombés en travers de son lit. Elle lutte contre eux, pour retomber bientôt en bondissant sur des roches placées plus bas et quelques arbres arrachés du sol, où elle jaillit en masses écumantes.

Sur les collines, à l'extrême gauche, on voit trois villageois, dont un berger gardant son troupeau ; deux moutons sont arrêtés plus bas, au pied de deux sapins.

H. 66 cent. L. 53. cent. Toile.

Collections du baron Van Nagell Van Ampsen (La Haye, 1851) et de M. Patureau (Paris 1857).

Décrit au *Supplément du Catalogue raisonné de* Smith, page 698, nº 51.

1950
Blanc

70.   RUISDAEL (JACQUES).

LE MOULIN A EAU.

La gauche du tableau est occupée par le bâtiment d'un moulin entouré de beaux arbres derrière et sur les côtés; une conduite en planches, établie sur le devant du bâtiment et au-dessus de la roue, déverse l'eau dans un étang qui remplit toute la partie antérieure du paysage; on y remarque des joncs, des pieux, des canards, etc. Au fond, au delà de l'étang, dont le bord est garni de planches maintenues par des pilotis, on aperçoit un groupe de personnages, des arbres et un paysage.

H. 54 cent. L. 66 cent. Toile.

Collection de M. PAUL PÉRIER (Paris, 1843).

3950
Suermondt

71.   LE MÊME.

LA MARE.

Le centre du tableau est occupé par une mare dans laquelle nagent des canards : elle est creusée dans l'intérieur d'une forêt et s'étend à une très-grande distance.

Au premier plan, à droite, on remarque les troncs blancs de deux bouleaux brisés; l'un est resté debout, l'autre est renversé et baigne dans l'eau. A gauche, des terrains marécageux sont couverts de roseaux.

H. 53 cent. L. 63 cent. Toile.

72. **RUISDAEL** (Salomon).

PAYSAGE MARITIME.

A gauche, deux embarcations, l'une à voiles, l'autre à rames, se dirigent vers un rivage boisé où l'on remarque, au milieu de plusieurs habitations, et derrière quelques légères constructions établies sur de hauts pilotis, le clocher carré et le toit d'une église. Plus en avant, deux paysans pêchent à la ligne; en face d'eux, nagent des canards. Tout à fait au premier plan, à droite, est installée une bascule pour puiser de l'eau.

Dans le lointain, on aperçoit, le long du rivage, des habitations parmi les arbres, des barques, etc.

H. 59 cent. L. 86 cent. Bois.

Collection de M. KALKBRENNER (Paris, 1850).

---

73. **SLINGELAND** (Pierre van).

PORTRAIT D'HOMME.

Il est assis, vêtu de noir et portant un rabat blanc; un manteau brun retombe sur ses bras. Il avance la main droite et appuie le bras gauche sur un livre ouvert posé sur une table.

Au fond, à droite, un paysage.

H. 20 cent. 1/2. L. 18 cent. Bois.

1525 74.   SLINGELAND (Pierre van).

PORTRAIT DE FEMME.

(Pendant du précédent.)

Elle est assise près d'une croisée, sur l'appui de laquelle repose son bras droit; de la main droite elle soulève un cahier de musique placé sur ses genoux, et sur lequel vient reposer son autre main.

Elle est vêtue d'une robe rouge et porte un tablier blanc.

La fenêtre laisse apercevoir un paysage.

H. 20 cent. 1/2. L. 18 cent. Bois.

1300 75.   SORG (Henri Rokes, dit).

Favart

VISITE A LA NOURRICE.

Une femme, assise près d'un berceau, allaite le nourrisson qui lui est confié; derrière elle, son mari, debout et appuyé au dossier de sa chaise, tient son chapeau à la main; plus loin, un garçon décharge une brouette de choux.

Devant la nourrice, une table garnie d'une nappe blanche, porte un morceau de gâteau dans un plat, des pêches, et une terrine de lait.

Le père de l'enfant, assis à gauche, le coude appuyé sur la table, vient de prendre une pêche; sa femme, une main sur son épaule, tient une de ses filles de l'autre main.

Leur fils, assis à l'extrémité de la table, se dispose à boire du lait que lui verse, avec une cuiller, la fille de la nourrice, assise

à la droite de sa mère; une autre sœur de l'enfant, debout derrière la petite fille, lui pose la main sur l'épaule.

Au fond, à droite, une servante se présente sur le seuil de la
porte.

H. 47 cent. L. 65 cent. Bois.

Vente faite, par M. George, expert (Paris, 1841).

---

76.   STAVEREN (Jean-Adrien Van).

410
(Ch. Piérard)

UN RELIGIEUX ÉCRIVANT SOUS L'INSPIRATION D'UN ANGE.

Il est assis et tient sur ses genoux un livre dans lequel il écrit.
Une mappemonde et un encrier sont placés devant lui, sur une
voûte en maçonnerie. L'ange est debout à côté.

H. 24 cent. L. 22 cent. Bois.

Collection de M. Perrin (Paris, 1847).

---

77.   STEEN (Jean).

1800
Van der Loos
à Gand

L'INDISPOSITION.

Une jeune dame, vêtue d'un casaquin bleu et d'un jupon de
satin violet, est couchée sur un lit en partie couvert d'un tapis
et garni de rideaux de soie jaune-brun. Un médecin, élégamment
costumé, lui tâte le pouls et lui présente, de la main gauche,
un petit flacon enveloppé de papier et cacheté; une dame,
placée au chevet du lit, sourit en attendant le pronostic du
docteur.

4

Plus loin, un jovial domestique porte d'une main un plat chargé d'un gâteau, et de l'autre un pot de bière; à côté de lui, une femme est occupée à ouvrir des huîtres; enfin, des voisins semblent se confier en riant le secret de la maladie.

Parmi de nombreux accessoires, on distingue, au premier plan, une chaufferette, et un chien couché sur l'extrémité du tapis qui traîne à terre.

H. 49 cent. L. 37 cent. Bois.

Collections de MM. Van Leyden (Paris, 1804); colonel Buré (Paris, 1841).

78. STEEN (Jean).

LE CONTRAT DE MARIAGE.

Deux familles sont réunies pour la signature d'un contrat de mariage.

Au premier plan, à gauche, trois personnages, dont un notaire qui tient la plume, sont assis autour d'une table et discutent les conditions du contrat; les futurs époux sont debout près d'eux, à droite. Devant la table, une rose sur un tabouret rouge.

Derrière les jeunes gens, un domestique se dispose à mettre une tonne de vin en perce. Un chien, sur le devant, cherche quelques débris à terre; au second plan, à droite et à gauche, sont groupés divers personnages.

L'appartement est garni de tentures et de guirlandes de fleurs.

H. 80 cent. L. 1 m° 4 cent. Toile.

Nota. Ce tableau a été acquis, pour la somme de 14,000 francs, de M. Meffre aîné, qui en garantit l'originalité, et s'est engagé à le reprendre, pour la même valeur, en cas de contestation sur son authenticité. La garantie écrite de M. Meffre aîné, et les pièces à l'appui, seront remises entre les mains de l'acquéreur.

79.   TENIERS (David, le fils). *Say*   *22600*

Horace Say

KERMESSE DE VILLAGE.

Dans l'intérieur d'une vaste cour de ferme, au centre du premier plan, un groupe formé de trois hommes et de trois femmes danse en rond au son de deux instruments. Les musiciens, l'un avec un violon, l'autre avec une basse, sont placés à l'ombre de deux arbres; le premier est monté sur une cuve retournée contre laquelle est une cruche en grès.

L'attention des spectateurs est détournée de la danse par l'arrivée du seigneur du village, qui entre dans la cour tenant son chapeau d'une main, et donnant l'autre à sa femme, dont un page porte la queue; ils sont suivis de deux dames, et un second page vient les rejoindre en courant. Les fermiers, le chapeau à la main, se dirigent vers ce groupe qui est séparé des danseurs par un banc portant une serviette, une cruche et un verre plein.

A droite des danseurs, deux couples sont assis, le plus rapproché sur un banc, l'autre sur des chaises; les femmes tiennent chacune un verre de bière à la main, et sont courtisées par leurs cavaliers. Deux individus causent, appuyés sur le dos des chaises, et un troisième vient les rejoindre, sa pipe à la bouche et un pot à la main gauche.

Derrière ceux-ci, une servante et un domestique nettoient des ustensiles de cuisine contre la margelle d'un puits; et tout à fait à droite, une femme emmène, par une porte de sortie à claire-voie, son mari ivre, à qui un vieillard adresse des reproches.

Une soixantaine d'autres figures sont groupées sur tous les points de la cour : trois chiens diversement posés se font remarquer aux premiers plans.

H. 50 cent. L. 96 cent. Toile.

Collections de MM. CHAPLIN, SAMUEL SMITH (Londres), ALPHONSE MENNECHET et RHONÉ (Paris).

14100 80. TENIERS (David, le fils). *Say*

H. Say

LE CABARET DU VILLAGE.

Dans une cour, enclose entre le mur de la maison dont elle dépend et une forte palissade au delà de laquelle on aperçoit un paysage montagneux que traverse un homme suivi de son chien, se trouvent deux tables autour desquelles sont groupés des paysans les uns debout, les autres assis sur des baquets renversés, des escabeaux ou des bancs.

A la table la plus éloignée, on est absorbé par une partie de cartes.

Cinq paysans entourent la table qui occupe le devant du tableau, non loin d'un banc près duquel est une cruche rouge, et qui porte un grand pot d'étain avec un verre. Trois d'entre eux suivent avec la plus grande attention une partie de dés engagée entre les deux autres : un jeune paysan assis sur le devant de la table, et un vieux matois debout à l'extrémité, à gauche, qui tient les dés dans sa main fermée.

La maîtresse du cabaret paraît sur le seuil de la porte, tenant d'une main un plateau de bois sur lequel sont une pipe et du tabac, et de l'autre une cruche de bière.

H. 55 cent. L. 40 cent. Bois.

Collections de M. le comte PERREGAUX (Paris, 1841) et de M. TARDIEU (Paris, 1851).

2200 81. LE MÊME.

INTÉRIEUR DE TABAGIE.

Au premier plan, un paysan à barbe grisonnante est assis tenant sa pipe de la main gauche, et le coude appuyé sur sa

H. Say

main droite ; une grande cruche en grès est placée contre les pieds de sa chaise.

En face de lui, sur une futaille vieille et disjointe, sont un pot à feu, une cruche de bière et un verre plein. Derrière, à gauche, un individu vu de dos ; dans le fond, à droite, sous le tablier d'une cheminée, deux paysans assis et un troisième debout.

H. 29 cent. L. 42 cent. Toile.

Collection de lord WELLESLEY, *comte de* MORNINGTON

(Bruxelles, 1846).

82.　　　　　TENIERS (DAVID, LE FILS).

LE SAVETIER.

Il est assis sur un bloc de bois et raccommode un soulier. A sa droite, un trépied sous lequel est placée une cruche, porte une savate et de la poix. A sa gauche, à terre, près d'un vieux soulier sur forme, sont les divers outils nécessaires à son métier. Au fond, à gauche, un bahut et accessoires.

Grand diamètre 32 cent. Petit diamètre 24 cent. forme ovale. Bois.

83.　　　　　TENIERS (DAVID, LE PÈRE).

PAYSAGE.

Au premier plan, à droite, sur un tertre de terrain bordant un cours d'eau dans lequel nagent des canards, un jeune seigneur, le fusil sur l'épaule et entouré de ses chiens, cause avec un fauconnier.

Plus loin, sur une route longeant la lisière d'une forêt, un autre fauconnier s'éloigne avec deux batteurs de buissons et plusieurs chiens ; un troisième batteur descend le long des rives du cours d'eau.

A gauche, un vaste pâturage bordé par une rivière présente une grande réunion de bestiaux gardés par deux bergers. L'horizon est fermé par des collines sur lesquelles on remarque des constructions, et notamment un château élevé, à gauche, sur des rochers à pic.

H. 59 cent. L. 81 cent. Toile.

300

de Montbrun

84.

TERBURG (Gérard).

LA TOILETTE.

Une jeune femme, vêtue d'une jupe de satin blanc brodée d'or, et d'un corsage de soie jaune un peu décolleté, est assise sur une chaise à dos rouge, près d'une table recouverte d'un tapis et portant une glace, une boîte de métal, un chandelier, etc. Sa main droite repose sur son genou ; sa main gauche est portée à la perle de sa boucle d'oreille. Une cameriste, vêtue de noir avec guimpe blanche, est occupée à la coiffer et lui pose des perles dans les cheveux.

Devant au premier plan, un plumeau a été jeté à terre. Un jeune domestique, précédé d'un petit chien, apporte une aiguière en argent.

Un manteau bleu est jeté sur le dos de la chaise.

Au fond, un lit à baldaquin.

H. 79 cent. L. 65 cent. Toile.

Collections de MM. G.-J. Vernon (Londres 1851), et John Nieuwenhuys.

Catalogue raisonné de Smith, volume IV, page 152, n° 46.

85. TILBORGH (Gilles Van).

LE DÉJEUNER DE CHASSE.

1340
à. Blin
26 pl. Vendôme

Deux chasseurs, et deux dames dont l'une allaite un enfant, sont assis à une table devant l'escalier extérieur d'une auberge ; l'un d'eux tient son verre à la main, l'autre consulte sa montre qu'il vient de tirer d'une boîte.

Un troisième chasseur, debout à gauche, vide son carnier ; devant lui, sont trois chiens, et deux fusils posés à terre ; derrière, un homme coiffé d'un bonnet bleu tient sa pipe à la main.

A droite, deux enfants jouent à la toupie. Divers autres personnages sont groupés derrière la table, sur l'escalier, etc.

H. 90 cent. L. 1m 15 cent. Toile.

Collection de M. Lefebvre, *Tournai (no 5 du catalogue).*

86. ULFT (Jacques Van der).

MARCHE TRIOMPHALE.

840
Van Loo

Un triomphateur, monté sur un char et suivi d'une nombreuse escorte, s'avance vers un temple en partie ruiné. A droite et à gauche, des personnages sont rangés pour voir défiler le cortége qui, après avoir traversé un pont surmonté d'un arc de triomphe également ruiné en partie, suit, au bord de l'eau, un quai bordé de monuments de différents caractères.

H. 19 cent. L. 28 cent. Bois.

87.   VELDE (Adrien Van de). *retiré*

ANIMAUX DANS UN PAYSAGE.

Au premier plan, une vache rousse et blanche est dans l'eau, tournée vers un taureau roux couché à gauche.

Au second plan, un chevreau et deux agneaux sont couchés près d'une vache grise vue de trois quarts. Un peu plus loin, un berger et une bergère sont assis, l'un près de l'autre, contre le bassin d'une fontaine; leur chien est couché près d'eux. A droite, des moutons et une chèvre à l'ombre.

H. 68 cent. L. 56 cent. Toile.

NOTA. Ce tableau a été acquis, au prix de 25,000 fr., de M. Meffre aîné, qui en a garanti l'authenticité. La garantie écrite de M. Meffre sera remise entre les mains de l'acquéreur.

14500
Horace Say

88.   VELDE (William Van de). *Say*

LA FLOTTE EN PARTANCE.

Sur une mer calme, plusieurs navires de guerre et de commerce composant une flotte hollandaise, déploient leurs voiles pour le départ dont le signal est donné par le canon du vaisseau amiral; un grand nombre d'embarcations à rames, chargées de personnages, circulent parmi les bâtiments de la flotte.

Au premier plan, à gauche, on remarque un navire marchand et trois embarcations dont deux à voiles, avec personnages; au second plan et dans le lointain, vaisseaux, voiles, etc.

H. 63 cent. L. 79 cent. Toile.

Ventes de MM. Érard (Paris, 1832), W. Hope, E. Le Roy (Paris, 1843), et Tardieu (Paris, 1851).

Catalogue raisonné de Smith, volume VI, page 369, n° 174.

89. VERBOECKHOVEN (Eugène).

ANIMAUX DANS UN PAYSAGE.

Un âne, debout, allonge la tête vers une plante; auprès de lui, une brebis couchée bêle; son agneau est étendu devant elle. Derrière elle, une autre brebis également couchée est vue de dos, et une troisième, à tête noire, est debout, vue de face.

A droite, une haie; à gauche, un paysage dans lequel on aperçoit des moutons, un berger et un chien.

H. 77 cent. L. 1^m 2 cent. Bois.

4.250 Borel

90. LE MÊME.

ANIMAUX DANS UN PAYSAGE.

Au premier plan, à gauche, un mulet boit dans une mare; à droite, un bœuf roux, à face blanche, est couché et rumine : le berger est assis derrière et appuyé sur lui. Devant, une brebis, un agneau et un chevreau se reposent sur l'herbe.

Paysage dans le lointain.

H. 28 cent. L. 54 cent. Bois.

1100 Tardieu

91. VERNET (Joseph).

PAYSAGE.

Au premier plan, à droite, un soldat est couché, appuyé sur le coude, près d'une femme qui allaite un enfant. Un autre soldat cherche à embrasser une jeune femme qu'il a saisie par derrière et que son enfant s'efforce de défendre; un panier de linge est

1600 Raton 17 r. Vaneau

devant celle-ci, et son chien regarde le soldat en aboyant. Près de ce groupe, deux pêcheurs sont dans l'eau, trainant leurs filets.

A gauche, au premier plan, un gros arbre en partie brisé s'élève sur des rochers ; au second plan, un soldat, monté sur un cheval blanc et portant un drapeau, cause avec des pêcheurs.

A la droite du tableau, s'élèvent d'énormes rochers couronnés par des arbres et des monuments en ruine, et du haut desquels tombe une puissante nappe d'eau.

On aperçoit dans le lointain un paysage boisé, des rochers, etc.; des pêcheurs dans une barque causent avec des soldats assis au bord de l'eau.

H. 96 cent. L. 1^m 34 cent. Toile.

92.   VERNET (Joseph).

LES CASCADES DE TIVOLI.

Au premier plan, deux pêcheurs debout, des lignes en main, causent avec deux femmes, l'une couchée, l'autre à genoux, plongeant dans l'eau l'extrémité d'un filet adapté à un manche ; cette dernière a près d'elle un panier rempli de poissons. Un chien blanc est couché, à gauche ; à droite, un pêcheur vu de dos est assis au bord de l'eau.

La droite du tableau est occupée par de grands rochers à pic couronnés d'arbres, et du haut desquels se précipite une très-forte cascade. A gauche, on voit également des rochers et, au premier plan, un gros arbre en partie brisé.

On aperçoit d'autres cascades au milieu de rochers, sur les arrière-plans; dans la partie supérieure, à gauche, les terrasses de Tivoli, et, plus loin, des aqueducs, des bâtiments, etc.

H. 97 cent. L. 1^m 25 cent. Toile.

93.   VERNET (Joseph).

MARINE.

Au premier plan, des pêcheurs, près desquels est une femme portant un panier, son chien assis à ses pieds, déchargent un bateau de poisson sur des récifs saillants.

A droite, sur un autre plan, un énorme rocher surmonté d'une tour, est percé d'une ouverture qui donne passage aux eaux de la mer; on remarque à sa base plusieurs barques de pêcheurs.

A gauche, au pied de hautes montagnes bornant l'horizon, s'étend une ville vers le port de laquelle un bâtiment cingle à toutes voiles.

H. 55 cent. L. 64 cent. Toile.

---

94.   WATTEAU (Antoine).

LE CONCERT EN FAMILLE.

Des jeunes gens des deux sexes font de la musique dans un salon.

Une jeune femme, vue de dos, assise à gauche, et un jeune garçon debout, à droite, pincent de la guitare.

Au milieu, un jeune homme assis joue du violoncelle; un autre, debout derrière lui, joue de la flûte.

A gauche, deux jeunes femmes et un jeune homme chantent.

A droite, une jeune fille est debout auprès du jeune garçon qui pince de la guitare; et plus loin, derrière un rideau qui cache la partie inférieure de son corps, se voit un autre personnage qu'on croit être Watteau lui-même.

Un petit chien noir et blanc se trouve au milieu du premier plan.

H. 45 cent. L. 55 cent. Bois.

Collection de M. le baron de MESSANGE D'YPRES.

3210 95.   WEENIX (JEAN-BAPTISTE, LE PÈRE).

Bourlon de Sarty

14 7. Rumfort

RETOUR DE LA CHASSE.

La vue est prise sur la côte de Naples.

De beaux troupeaux se reposent au milieu des débris d'une colonnade antique, où des chasseurs font une halte; les uns sont à cheval, les autres à pied. Un jeune seigneur montant un cheval gris est à leur tête; il est vêtu d'un justaucorps en velours bleu et d'une soubreveste noire. Un Levantin, qu'on remarque à son costume, est arrêté devant plusieurs pièces de gibier; près de lui, un jeune paysan garde une meute composée de chiens de différentes races.

H. 98 cent. L. 1m 29 cent. Toile.

Collection du marquis de MONTCALM (Paris, 1850).

1555 96.   LE MÊME.

Escudier

LE BAC.

Un bac, portant un mât avec une voile blanche, est amené par le batelier au pied d'un grand monument sur l'escalier duquel sont groupés divers personnages; un chien lévrier est assis à l'arrière. Au pied du mât, une dame appuyée sur un cavalier chante en s'accompagnant de la guitare; un autre cavalier, debout derrière elle, l'accompagne sur le flageolet. En avant, un soldat assis tient un enfant entre ses genoux; son cheval est debout derrière le mât, près d'un vieillard dont on aperçoit la tête.

Un cygne nage près du bac, au premier plan.

On voit des vaisseaux dans le lointain.

H. 67 cent. L. 60 cent. Toile.

97.　　　　　WEENIX (Jean). *Alphonso*　　　5000

Alphonso

NATURE MORTE.

Près d'un faune, du milieu d'une touffe d'arbres, sort une branche de chêne, à laquelle pendent un lièvre et un coq d'Inde.

La tête du lièvre repose à terre près d'une perdrix et d'un pigeon ; la tête du coq d'Inde étale ses couleurs bigarrées par le sang qui enfle les veines et les artères du cou.

A gauche, est une bourriche contenant des pommes, des pêches, des grenades et du raisin ; derrière, s'élève un édifice d'architecture antique.

Des fleurs de grandeur naturelle ornent cette composition.

H. 1^m 21 cent. L. 1^m 2 cent. Toile.

Collection de lord WELLESLEY, comte de MORNINGTON,

(Bruxelles, 1846).

98.　　　　　WALSCAPELE (Jacob).　　　900

Duval

78 7. De

Provence

FLEURS ET FRUITS.

Ils sont groupés sur une table de marbre.

Au milieu, deux pêches, des roses trémières, un œillet d'Inde, des myosotis, sont posés sur une branche de noisetier ; à gauche, des grenades ; à droite, du raisin noir et un melon ; au-dessus, des raisins blancs et noirs, des figues, une poire, etc.

Une abeille et une mouche bleue sont posées sur les pêches, une cigale sur le melon, un papillon sur le bord d'une feuille de vigne, en bas. On aperçoit un autre insecte près des grenades,

H. 54 cent. L. 41 cent. Toile.

25700 99. **WOUWERMAN** (Philippe).

HALTE DE CAVALIERS.

Paul Van Cuyck Devant une tente surmontée d'un drapeau et placée à la gauche du spectateur, des cavaliers font une halte. L'un d'eux, la tête nue, le chapeau sous le bras gauche, tient un verre de la main droite, tandis que devant lui un trompette embouche son instrument pour faire entendre un bruyant appel. Derrière ce premier groupe, un autre cavalier a mis pied à terre pour allumer sa pipe, tandis que le porte-drapeau lutine la cantinière assise à côté d'un tonneau renversé.

Deux cavaliers, tenant leurs chevaux par la bride, s'amusent à regarder leurs camarades jouant aux cartes sur un tambour transformé en table.

A droite, un chien boit à une mare, et dans le fond, s'aperçoit l'intérieur d'un camp, avec quelques cavaliers.

H. 55 cent. L. 41 cent. Bois.

Collections de MM. Martin, Lambert Nieuwenhuys et Tardieu (Paris, 1851).

———

18800 100. **LE MÊME.**

Laneuville

CHASSE AU FAUCON.

Monté sur un cheval gris et tenant un faucon sur le poing, un chasseur suit un chemin creux en causant avec un jeune paysan armé d'une longue gaule destinée à battre les buissons ; près de ces personnages, se trouvent deux chiens ; l'un se penche au bord d'une mare pour s'y désaltérer.

Un autre chasseur, monté sur un cheval isabelle, s'arrête et suit du regard le vol du faucon qu'il vient de lancer.

Au premier plan, à droite, un tronc d'arbre, une haie, des

arbustes, surmontent un terrain éboulé ; à gauche, on voit sur une espèce de tertre une chaumière vers laquelle se dirige un piéton par un chemin rapide et sinueux ; au bas, est assise une femme. Nous n'avons pas besoin de faire remarquer la finesse et le ton gris-perle de ce tableau.

H. 31 cent. 1/2. L. 44 cent. 1/2. Bois.

Collection de M. MEFFRE aîné (Paris, 1845).

---

101. WOUWERMAN (PIERRE).

LE MARÉCHAL FERRANT.

Au premier plan, à droite, un personnage vêtu de rouge, la main droite sur la hanche, son chien assis derrière lui, regarde un ouvrier à genoux, occupé à marteler un fer que maintient une femme assise.

Au milieu, un cavalier descendu d'un cheval blanc qu'un ouvrier tient par la bride, regarde un autre ouvrier qui se dispose à lui mettre un fer.

A gauche, un autre personnage, monté sur un cheval bai, cause avec un ouvrier qui lève le pied de son cheval.

Au second plan, à droite, une habit. ... laquelle on monte par un escalier sur lequel est une femme assise avec deux enfants ; un ouvrier travaille à un feu de forge sous une voûte.

A gauche, deux personnages assis ; paysage dans le lointain.

H. 46 cent. L. 56 cent. Toile.

102. WOUWERMAN (Pierre).

850
Georges

INTÉRIEUR D'ÉCURIE.

Des cavaliers se disposent à sortir d'une vaste écurie, dont la porte, en partie ruinée, est ouverte.

A gauche, l'un d'eux, coiffé d'un bonnet rouge à aigrette, est monté sur un cheval bai; un autre, coiffé d'un chapeau noir à plumes, appuyé sur sa canne, et ayant son page derrière lui, examine un cheval gris, qu'on lui amène tout harnaché.

Un enfant est monté sur une chèvre qu'un autre enfant tient par la bride; près d'eux, à droite, un palefrenier s'occupe de trois chevaux, un noir, un blanc et un bai, attachés à un piquet.

Dans le fond, sept chevaux sont attachés à un râtelier; au-dessus, trois hommes rangent de la paille dans un grenier; à droite, une cuisine sous une soupente dans laquelle se trouve un lit.

A l'extérieur, une voiture chargée de paille et attelée de deux chevaux se dirige vers la porte.

H. 44 cent. L. 50 cent. Toile.

---

105. WYNANTS (Jean).

2500
Bischoffsheim

PAYSAGE.

Un chemin sablonneux sur lequel sont plusieurs personnages et des bestiaux, descend, à droite, d'une colline boisée; il aboutit à un cours d'eau qui longe le paysage à gauche, et sur lequel un pont en bois est jeté à l'arrière-plan.

Au premier plan, un cavalier fait boire son cheval dans le ruisseau ; son chien se désaltère près de lui.

Les figures sont dues au pinceau de Lingelbach.

H. 30 cent. L. 39 cent. Bois.

Tableau gravé.

Collection de M. Bernet.

---

104. ZOLEMAKER (Henri).

ANIMAUX DANS UN PAYSAGE.

Des bestiaux, sortant d'une grotte ouverte dans de grands rochers, à droite, entrent dans une mare.

Au premier plan, à gauche, un bouc est dans l'eau, contre une grosse pierre; au milieu, un bélier, deux bœufs, une chèvre blanche et une brebis sont également dans l'eau. A droite, s'avancent deux femmes, l'une portant un agneau sous le bras gauche, l'autre assise sur une vache et tenant un enfant dans ses bras; un chien est entre elles. A droite, près d'un tronc d'arbre renversé, un âne se dirige vers la mare, suivi d'une chèvre rousse.

Dans le lointain, à gauche, personnages et animaux, sur une route qui s'éloigne de la mare; à droite, un homme conduisant un âne et une brebis sort de la grotte.

H. 64 cent. L. 86 cent. Toile.

5

6.30

Pêmiers

111 rue d'Enfer

105.   ZOLEMAKER (Henri).

ANIMAUX DANS UN PAYSAGE.

Un homme conduit une vache rousse, une chèvre blanche et des moutons sur une route qui s'enfonce dans des rochers boisés.

Au premier plan, à gauche, un gros tronc d'arbre s'élève sur un rocher.

Au second plan, à droite, une chute d'eau.

Paysage dans le lointain.

H. 31 cent. L. 25 cent. Bois.

106. Sous ce numéro sera vendu, aux mêmes enchères, un PAYSAGE, œuvre de Jean HACKAERT, avec figures peintes par Adrien van de VELDE.

Au moment de mettre sous presse, nous nous apercevons que ce tableau manquait à la liste qui nous a été remise, et nous faisons figurer cette toile à un numéro supplémentaire.

certains exemplaires n'ont pas le n. 106

395,000

www.ingramcontent.com/pod-product-compliance
Lightning Source LLC
Chambersburg PA
CBHW060801180626
46818CB00002B/652